늙는다는 것은 엄청난 일

성영소 詩集

늙는다는 것은 엄청난 일

1판 1쇄 인쇄 2025년 3월 18일
1판 1쇄 발행 2025년 3월 28일

지은이 성영소
펴낸곳 도서출판 비엠케이

편집 김도형
디자인 아르떼203
제작 올북컴퍼니

출판등록 2006년 5월 29일(제313-2006-000117호)
주소 121-841 서울시 마포구 성미산로10길 12 화이트빌 101
전화 (02) 323-4894 팩스 (070) 4157-4893
이메일 arteahn@naver.com

값은 뒤표지에 있습니다.
ISBN 979 - 11 - 89703 - 83 - 7 03810

성 영 소 詩 集　　**늙는다는 것은
엄청난 일**

Bmk
Magazine Bookpublishing

감사의 말

지난 1월 17일 산책길에서 뇌출혈로 쓰러졌을 때 신속한 수술과 처치로 저의 생명을 구해주신 분당제생병원 오성한 교수님과 의료진에게 깊이 감사드립니다. 그때 피를 흘리며 쓰러져 있던 저를 도와주신 행인 두 분에게도 진심으로 감사드립니다. 두 분은 인근 약국에서 알코올 솜과 붕대, 반창고 등을 자비로 구입해 저의 상처를 싸매주셨습니다. 그리고 119 구급차가 도착한 뒤 명함이라도 남겨주실 것을 부탁했으나 그냥 가셨습니다. 거듭 감사드립니다.

2025년 새봄에 성영소 올림

1 _____

2 ————

3 ―――――――

4

1

100원짜리 시인

노벨문학상을 수상한 한강의 시집 『서랍에 저녁을 넣어두었다』를 온라인으로 샀다.

1만 800원.

돈으로 따지는 것이 천박한 짓일지 모르나 60편을 담았으니 한 편에 180원인 셈이다.

참 싸다.

배송비를 포함해도 1만 2800원.

1만 3000원을 받는 우리 동네 설렁탕 값보다 싸다.

고희 때 낸 나의 첫 시집 『내 마음에 흐르는 강』은 온라인에서 8100원에 판다.

82편을 실었으니 편당 100원도 안 된다.

희수와 금혼이 겹친 것을 기념하여 두 번째로 낸 『익는다는 말』은

77편에 8910원, 편당 115원.

나는 100원짜리 시인이다.

뒷모습

오랜만에 외출이다.
거울을 본다.
앞모습만 보인다.
나만 못 보는 내 뒷모습
다른 사람은 모두 보는
나의 반
내 평생의 삶도 그럴 것이다.

눈물

늙은 아내가 눈에 인공눈물을 넣는다.
거친 세월 사느라
바닥난 눈물
인정도 바닥난 세상에
미세먼지만 가득 차
뻑뻑해진 눈에 아내는
눈물을 넣어 눈물을 흘린다.
그렇게 아내는
산다는 것이
우는 것이라는 것을 내게 보여준다.

울어라 사람아

울어라 사람아
매미는 세 번이나 껍질을 벗고도
지난여름 내내
목이 찢어지도록 울고서야
한살이 삶을 벗었다.
사람아
울고 싶거든
울어라.
눈물이란
날카로운 삶의 모서리를
다듬어주는 연마제와 같노니

생

숨을 곳 없는 생(生)의 광야를
외로이 걷는 그대여
웃고 우는 것이
바람 소리 같구나.

제주 돌담

엉성한 제주 돌담
구멍이 숭숭 뚫린 제주 돌담
어떤 태풍에도 넘어가지 않는 제주 돌담

모든 일을 잘할 수는 없어요.
모든 사람에게 잘 보일 수는 없어요.
그대,
사이사이 바람길을 열어놓은
제주 돌담처럼 사세요.

이 험한 세상
무너지지 않으려면

걸음

우리가 앞으로 나가는 것은
한 발이 앞서면
다음엔
다른 발이 앞서기 때문입니다.
인간관계도 그랬으면 좋겠습니다.

고장 난 문짝

현관문이 잘 닫히지 않는다.
짜증이 난다.
경첩이 낡아 무게를 감당치 못하는 모양이다.
문짝도 늙은 탓이다.
그동안 잘 여닫혀준 고마움은 잊고 도리어 짜증이 난다.
사람과의 관계도 그러지 말란 법이 없다.

시

詩
言과 寺가 합친 말
절에서 쓰는 말
스님의 언어
산은 산이고 물은 물이다.
나도 오늘 詩를 하겠다.
인간은 人間이다.
사람 人
사이 間
아무리 가까운 사이라도
지켜야 할 것은 지켜야 하는 사이
그래서 人間

꽃과 인생

누가 화무십일홍(花無十日紅)을 안타까워하는가.
꽃은 해마다
봄 여름 가을 겨울
사계절을 겪는데
우리 몸의 계절은
유소년 청년 장년 노년
일생에 겨우 한 번 겪는데

잡초

이름 모를 풀이라는 이유로
모진 겨울 견디고
이제 겨우 돌아 오른 어린 풀들을
뿌리째 뽑아버리나요.
저들의 이름을 우리가 모를 뿐이지요.
우리가 지어놓고도 모르거나
게을러 아직 짓지 못했거나 그런 거지요.
저들 중에는 암도 고치고
위장병도 고치고
불치의 병을 고치는 유익한 풀도 많지요.
아직 우리가 이용할 줄 모를 뿐이지.
잡초라는 누명을 씌워 함부로 풀을 뽑지 마세요.
당신은 한 번쯤이라도 생각해 봤나요.
이름 모를 풀꽃이 얼마나 아름다운가를
풀을 뽑는 건 봄 여름 가을을 뽑는다는 것을

잡초라고 함부로 밟지 마라

이름 모를 잡초라고 함부로 밟지 마라.
어느 인간이 세상을
초록으로 물들이고
아름다운 꽃 피우고
더러운 공기를 제 폐부로 걸러내며
한 생을 잡초처럼 살다 갔다더냐.

고구마를 캐며

조그만 충격에도 휘고 부러지는 연약한 줄기에
주먹보다 큰
어린아이 머리통보다 큰
단단한 고구마가 몇 개나 달려 있다.
내 손가락으로는 단 5센티를 파고들지 못하는
저 단단한 땅을 어떻게 밀어젖히며 저리 크게 자랐는가.

어린아이도 마음껏 헤집을 수 있는 부드러운 물이
빌딩보다 더 무거운 항공모함을 띄우고
보이지도 않는 부드러운 바람이
몇백 톤의 비행기를 들어 올린다.

알 수 없는 일들
오묘한 일들

날갯짓

　새 중에서 가장 작다는 벌새는 이슬보다 적은 한 모금의 꿀을 따기 위해 1초 동안 50번이 넘는 날갯짓을 한다. 사람이라면 심장은 1분에 1260번 뛰어야 하고 체온은 385℃로 올라가 심장은 터지고 온몸이 불타 버릴 것이다. 나도 죽어라 벌새처럼 팔을 휘저었더라면 푸른 하늘을 훨훨 날 수 있게 되었을까, 아니면 죽어서 시공을 뛰어넘는 한 마리 불새라도 되었을까.

풍선 댄서

　새로 개업한 가게 앞에서 장승처럼 키 큰 풍선 인형이 춤을 추고 있는 것을 보았다. 쓰러질 듯 꺾어질 듯 아슬아슬하게 춤을 춘다. 잠시도 쉬지 않고 흔들어대는 모습이 처연하다. 팔다리가 꺾이도록 온몸을 비틀면서 바람 따라 굽실대고 조아리는 것을 보아라. 저래야 인형도 발탁된다. 저래야 사람들 앞에 선다.

흙

흙!
바위가 부서져 돌이 되고
돌이 부서져 모래가 되고
모래가 부서져 흙이 되는
부서지고 부서지는 것밖에 모르는 흙!
나는 얼마나 부서져야 저 흙처럼 부드러워질 수 있나.
마침내는 모난 돌처럼 살아온 나를 자신의 일부로 받아
줄 땅
나, 죽어서라도 한 줌 흙이 되어
작은 풀꽃 한 송이라도 피울 수 있다는 것은 얼마나
감사한 일인가.

행복은 똥 잘 누기와 같다

그대 행복하고 싶거든
매일 아침 똥을 누듯
머릿속을 비우세요.
경험해 본 사람은 알죠.
며칠 똥을 누지 못할 때의 기분
만사가 귀찮은, 거지 같은 기분

그대 행복하고 싶거든
매일 아침 눈을 뜨자마자
근심 걱정 욕심 따위
머릿속
잡생각을 깨끗이 청소해 보세요.
그리고 느껴보세요.
관장한 뒤 같은 시원함을

그게 익숙해지면
그 빈 자리에

감사와 사랑으로 채워보세요.

그대 행복하고 싶거든
잊지 마세요,
행복은
똥 잘 누기와 같다는 것을

행복

세상 탓
환경 탓
주위 탓
남 탓만을 하다가는 행복할 날이 없다.
내가 바꿀 수 없음으로

내 탓만 하다가는 행복할 날이 없다.
나란 원래 변덕이 죽 끓듯 함으로

안분지족
편안한 마음으로 분수를 지키며
만족할 줄 아는 사람만이 행복할 수 있다.

그날이 언젠가는
언제든 올 것이다.
그날을 걱정하는 노인은 행복할 날이 없다.
그 언제를 알 수 없음으로

사는 날이 모두 보너스라 생각하고
감사
감사
주어지는 모든 날을 감사하며
최선을 다하는 사람은 행복하다.

아생연후살타(我生然後殺他)

내 말이 산 뒤에야 상대방 말을 잡을 수 있다는 뜻의
바둑 용어다.
죽이기 게임인 바둑에선 공생이 없다.
둘 중 하나가 죽어야 끝난다.
인간은 본디 나도 살고 당신도 사는 공생 관계다.
요즘은 안 그렇다.
타사아사(他死我死)
너도 죽고 나도 죽자
모두 함께 죽자는 세상이 되었다.

노점상 부부

눈 내리는 산책길
길가에 생선을 늘어놓고 파는 반 트럭
노점상 부부가 저녁을 먹는 것을 보았다.
트럭 옆에 나란히 서서
깍두기 한 접시에
국밥 한 그릇씩
아내가 자기 밥그릇에서 고기 한 점을 건져
남편의 그릇에 담아주자
남편이 도로 아내의 그릇에 돌려준다.
아내가 그것을 다시 남편의 그릇에 담으려 하여
실랑이가 벌어지고
애꿎은 국밥은 찬바람에 식고
그새 가로등 불이 켜지고
굵어진 흰 눈발이 부부의 밥그릇에 조미료처럼
떨어지고 있었다.

우산

제법 차가운 늦가을
교회 다락방을 마치고
돌아오던 길
예보대로 비가 내리고 있었다.

예보를 듣지 못하고 나왔는지
허리 구부러진 할머니 한 분이
느릿느릿
비를 맞으며 걷고 있었다.
점점 굵어지는 비를 피하러
급히 할머니를 지나쳐
집으로 돌아왔다.

그 후
허리 굽은 할머니를 만날 때마다
왜 그 장면이 떠올랐을까.
얼마 전에야 그 해답을 알았다.

내 우산을 할머니에게 주고
가까운 편의점으로 달려가
새 우산을 샀어야 했다는

눈은 시인이다

눈(眼)은 시인이다.
코로나로 얼굴을 가리고
사람들의 두 눈이 내 눈에 또렷이 들어오기 시작한
뒤부터
눈은 시인이라는 것을 알았다.
기쁨
슬픔
애절함
간절함
…

이 모든 것을
어느 시인이 어떤 말로
눈보다 더 간절하게 표현할 수 있다는 말인가.
눈은 진실하다.
입은 거짓을 뱉고
귀는 그것을 거스르지 못하지만

눈은
기쁘면 기쁜 표정을
슬프면 슬픈 표정을
참지 못하는 슬픔에는 눈물을 흘린다.

속임 없이 드러내는 눈
가족끼리조차 정답게 식탁에 앉아 서로 눈을 마주 보며
이야기를 나눈 것이 언제였던가.
막막한 세상
답답한 세상
소리치고 싶고
울고 싶고
누군가 붙잡고 하소연하고 싶은 세상
그 많은 사연을 어찌 다 말로 하랴.
들어주기도 지친 세상
눈으로 주고받는 위로는 가능하지 않겠는가.

스마트폰도 끄고
컴퓨터도 끄고
텔레비전도 끄고
서로의 눈을 마주 보며
위로하고
위로받으며
때로는 함께 눈물을 흘리는 것은 가능하지 않겠는가.

어떤 사람의 눈을 본다는 것은
그 사람의 앞을 본다는 것
뒤를 보지 않는다는 것
잘못을 보지 않는다는 것

2————

조금만 참자

봄을 기다리는 아이야
봄은 꽃길을 걸어오는 게 아니란다.
긴 겨울 길을 지나오는 거란다
저 벌거벗은 나무와
얼굴 누렇게 뜬 작은 풀포기들
둥지 속에 숨은 새 새끼들과
물속의 작은 물고기들마저
혹독한 겨울을 버티고서야 봄은 온단다.
봄은 차가운 북풍을 타고 오는 거란다.

아이야, 조금만 더 기다리자.
조금만 더 참자.
이제 곧 봄이 올 거란다.
온 산하에 꽃 잔치 벌일 따뜻한 봄이 올 거란다.

입춘, 봄이 오는 길목에서

이 겨울이 가기 전 그대
찬바람 매서운 강가에 나가보라.
겨울은 얼어붙은 강물도 생명을 품는 계절
두꺼운 얼음이 비닐하우스 같은 보온판이 되고
그 깊은 품속에서 작은 물고기들과 수초들이 자라고
있으리니

이 겨울이 가기 전 그대
눈 내리는 벌판에 나가보라.
겨울은 허물을 덮고 용서하는 계절
모든 더러운 것 감추고 얼어붙은 땅 위에 펼쳐진 순백의
이불
그 이불 밑에서 꼬물꼬물 작은 벌레들 새봄을 준비하고
있으리니

이 겨울이 가기 전 그대
침묵하는 숲속을 거닐어 보라.

겨울은 두 손 모아 기도하는 계절
이파리 모두 털어버린 나무들 알몸으로 서서
마른 가지 하늘로 모아 기도를 드리고 있으리니

아아,
저 꽁꽁 언 땅 밑에서도
썩어가는 낙엽 밑에서도
살아있는 모든 것들은
푸른 꿈을 꾸고 있노니
머지않아 동틀 새 세상을 학습하고 있노니

불평등과 억울함과 고통과 시련
이별의 슬픔
무슨 이유로든
괴로워하는 자가 있다면 그대
그대만의 봄을 위하여 두 손 모아 기도하라.

겨울이 겨울로 이어진 적이 있던가.
언제 한번 새봄을 건너뛴 적이 있던가.
겨울은 계절의 끝이 아니듯
죽음은 부활의 앞에 오는 형용사 같은 것
죽음 또한 영원한 이별은 아니려니

멀어졌던 태양도 이제 반환점을 돌고 있구나.
우리 서로의 체온을 모아 소망의 촛불을 켜자.
그 불꽃으로 우리들의 삶을 갉아먹는
갈등과 미움의 해충일랑 모두 태워버리고
삶의 이랑마다 풋풋한 새싹 싱싱하게 자랄 새봄을
준비하자.
   얼어붙은 강 밑과 몇 겹 낙엽 아래서도
   어린 생명들은 새봄을 준비하고 있노니
   우리들의 소망은 겨울밤 푸른 별빛보다 더욱 선명하노니

새봄을 위한 서시

벌써 대문 앞에 봄이 성큼 왔습니다.

겨우내 얼었던 햇살이 녹아내려 산하에 가득합니다.

추웠던 바람이 새색시 손길같이 부드럽습니다.

시냇물도 풀려 다시 찾은 봄을 졸졸졸 노래합니다.

호수는 부끄러운 줄도 모르고 반짝반짝 윙크를
보냅니다.

땅 밑에선 얼마나 분주할까요.

천지를 물들일 초록 물감 공장의 기계 돌리는 소리가
들리지 않나요.

새잎을 틔우려는 나무들의 물 긷는 소리

작은 벌레들의 외출복 갈아입는 소리

땅속은 지금 개학을 맞은 초등학교 교실처럼
왁자지껄합니다.

지리산 굴속에선 늦잠이 아쉬운 아기곰의 응석이
한창이고

개울가에선 동면을 깬 개구리들이 낮은 포복을
준비하고 있겠지요.

올봄엔 우리 모두의 가슴에도 활짝 봄이 왔으면
좋겠습니다.
산하가 녹아 따뜻한 봄이 오듯
우리들의 얼어붙은 가슴도 녹아
지역으로 막히고 이념으로 막히고 진영논리로 얼어붙은
모든 빙벽이 녹아 우리 모두 하나가 되는
진정 새봄이 왔으면 좋겠습니다.
앞으로 오는 봄은 봉오릴랑 봉오리는 모두 틔워놓고
여름도 오기 전에 달아나 버리는
무정한 봄이 아니었으면 좋겠습니다.
억울한 사람 슬픈 사람 가난한 사람 소외된 사람
무슨 일로든 고통받는 사람이 한 사람도 없는
온 세상에 기쁨이 소생하여 영원히 지속되는
그런 봄이 두고두고 왔으면 좋겠습니다.

5월에 부쳐

5월은 생명의 환희로 빛나는 계절이다.
나는 보았다.
마른 가지에서 새싹이 돋고 아름다운 꽃이 피는 것을
경이롭지 않으냐.
언 땅에 뿌리를 박고
가릴 데 없는 빈 하늘에서 혹한을 견뎌낸 저 초록의
생명들이

5월은 찬양의 계절이다.
태양을 달궈 언 땅을 녹이시고
때맞춰 비를 내리시고
때때로 바람 불어 뜨거운 대지를 식히시며
모든 생명을 키우시는
주님 은혜에 감사하는 계절이다.

햇빛은 더욱 빛나고
나뭇잎 살랑살랑

시냇물 졸졸졸

새들 노래하며

모든 생명이 하나님 은혜를 찬양하고 있지 않으냐.

고난과 고독의

외투 깃을 세우고 있는 이여

그대 절망하지 마라.

시들어 말라버려 형체도 없던

연약한 풀들조차 긴 겨울을 견뎌내고 소생의 계절을

맞았나니

보도블록 틈을 비집고 올라온 작은 민들레꽃을 보라.

어두운 세상에 노란 등불을 피우고 있지 않으냐.

저들은 곧 온 세상에 하얀 꽃씨를 날려 보내

아름다운 꽃을 피울 것이니

병상에 누워 신음하는 그대

세상일에 좌절하고 슬퍼하는 그대

시련의 한 세월 견디노라면
민들레 꽃씨보다 더 많은 웃음꽃을 피울 날이 반드시
오리니
생명을 키우고 보호하시는 주님
우리 곁에 계시나니

6월을 보내며

한 해의 절반이 갔다.
담배 한 모금 흩어지듯 갔다.
늘 그랬지.
금방 뱉어버릴 것을 깊이도 삼켰지.
속가슴에 그을음만 남기고
그리 쉽게 사라질 것을
배고파 급히 삼킨 맨밥에
가슴 치듯
힘든 삶일수록 허겁지겁 삼켰지.
겨우 몇 번 겉으로 웃고
더 많이 속으로 울고
녹슬 줄 모르는 세월, 한해의 절반이 갔다.

9월을 맞으며

9월,
이슬 영롱한 가을이다.

이슬은
한 점 작은 티끌도 없이
한 점 모난 곳도 없이
투명한 몸으로
아침 해를 맞는다.

열심히 살아온 나의 늙은 친구여,
속을 비우고
별처럼 영롱하게 빛나다가
스스로 몸 풀어 사라지는
저 이슬이 장엄하지 않은가.

친구여,
우리도 한 방울 이슬 같은 마음으로 살자.

가을비

비가 내린다.
그냥 둬도 가는 세월인데
겨울을 재촉하는 비가 내린다.

새싹 돋던 설렘의 봄은 너무 짧았다.
긴 장마와
어린 내 채소를 갉아 먹던 온갖 벌레들
밤새 긁어댔던 벌레 물린 내 상처들
여름은 길고 무더웠다.
이제 울긋불긋 꽃상여 같은 가을이 가면
여름보다 긴
추운 겨울이 오리라

오늘은 이른 새벽부터 비가 내린다.
손바닥보다 좁은
한 뙈기 가슴
내 인생의 빈 밭에도 차가운 가을비가 내린다.

눈 1

덮었다.
크고 작고 높고 낮고
이것저것
따질 것 없이 다 덮었다.
세상이 하얗다.
참 좋다.

산다는 것 또한 덮는 것이다.
덮고
덮고
덮는 과정이다.
미련도 덮고
미움도 덮고
서로의 허물도 덮고
하루가 또 다른 하루를 덮고
남은 기억을 덮고
마침내는 조용히 눈꺼풀마저 덮고

관 뚜껑을 덮는 거다.
한 줌 유골 위에 흙을 덮는 거다.

아아, 덮는 것의 엄숙함이여,
덮고 또 덮고
분노하지 아니하고
용서하고
오직 사랑하며
하얀 눈에 덮인
저 겨울 풍경처럼 겸손해질 때
우리 모두에게 영원한 봄은 찾아올 것이다.

눈 2

눈이 내립니다.
상처 많은 한 세월
허물 벗고 가는 비늘인지도 모르겠습니다.
세월도
가슴 속에 하얗게 얼어붙은 얘기들이 있어
이 한 해 가기 전에 털어내는 것인지도 모릅니다.
바람도 없는데 쉬이 내려앉지 못하고 망설이던
눈송이들이
벌거벗은 나뭇가지에 걸려 흰 꽃으로 환하게 빛나고
있습니다.

눈 내리는 날에

눈이 내린다.
내 유년의 하얀 나비들이 날아간다.
가난한 초가지붕 마을
배고픈 산토끼들이 내려오는
큰집 뒷산을 지나와
하얗게 눈이 쌓인 사립문 옆
키 큰 감나무에 내려앉는 나비 떼들
내 유년의 감은 더 빨갛다.
놋쇠 요강에 마른침을 뱉던
늙으신 나의 할머니
호롱불 옅은 창호지 넘어
노래 부르듯 한문책 읽으시는 큰아버지
칭얼대는 어린 동생을 달래는
어머니의 낮은 목소리
가난한 장독대 위에
사그락사그락 눈 쌓이는 소리 들리고
먼 산골 전설 속 여우 우는 소리도 들리고

내 유년의 하얀 나비 떼들이 훨훨 춤을 춘다.

웃어요

웃어요 그대와 나
모두 웃어요.
웃음꽃 한 송이쯤
누구나 피울 수 있거니
살기가 팍팍할수록 웃고 또 웃어요.
추운 겨울에도
모진 비바람에도 아랑곳없이
우리 모두 마음먹기 하나로
하루에도 수십 송이
넉넉히 피울 수 있거니
세상은 비록
우울한 소식뿐이지만
그럴수록 웃음꽃 활짝 피워요.
그보다 밝고 아름다운 꽃은 세상에 없노니

웃음꽃

세상에서 가장 아름다운 꽃
웃음꽃
꽃은 한 번 시들면 다시 피지 않지만
하루에도 수십 번 피울 수 있는 웃음꽃

꽃은 늘 같은 모양으로 피지만
사람이 피우는 꽃은
필 때마다
다른 모양으로 피는 꽃

봄날 벚꽃보다 더 화사하고
여름날 장미꽃보다 더 고혹스러워
때로는
가을날 코스모스처럼 가냘픈 미소
때로는 한겨울 함박눈

웃음은 기쁨 아니면 행복

어떤 웃음은 사랑을 알게 한다네.

사람아 웃자.
슬픈 일
근심되는 일이 있어도 웃자,
송이송이 웃음마다 행복의 꽃씨가 되리.

당신을 진정으로 사랑한다면

삶은 나와의 전투다.

매일 오만 가지* 생각과 싸운다.

타인과의 싸움은 새 발의 피다.

머리를 비우고

아무 생각도 하지 않을 때

나의 삶은 휴전이다.

머릿속 포성이 멎고

나는 고요하다.

기쁨도 슬픔도

걱정도 없는

평화가 찾아온다.

당신이 당신을 진정으로 사랑한다면

가끔은 머리를 비우고 빈 하늘을 바라볼 일이다.

---

* 『What to say when you talk to yourself』의 저자인 미국의 심리학자
   셰드 햄스테드(Shad Helmstetter)는 사람은 하루에 5만 내지 6만 가지
   생각을 하는데 그중 85퍼센트는 부정적이고 15퍼센트만 긍정적이라
   고 했다.

문주란

우리 집에는 문주란(文珠蘭)이 두 그루 있다.
거실 창문 옆 햇볕 잘 드는 곳에서 마주 보고 있다.
저놈들과 처음 만난 건
아이들이 초등학교 다닐 때
50년 가깝다.

원래 한 화분 속에 살았는데
현관 난간에서 떨어져 쪼개진 것이다.
아내는 이사할 때마다
저놈들은 꼭 챙겼다.
뿌리가 썩는 것을 본 아내가
생산이 중단되어 본인도 아껴 쓰던 페니실린을
물에 섞어 뿌려주는 것을 본 일이 있다.

그렇게 놈들은 점점 자라 허리통이 굵어졌지만
우리들의 수고를 덜어주려는 것인지
더 이상 자라지 않고

청청하다.

이제는 봄에 베란다로 내놓고
겨울에 거실로 옮기는 것이 버겁지만
내가 그 일을 마다하지 않는 것은
둘만 사는 우리 집에 생길 빈자리가 두렵기 때문이리라.

당신은 좋겠습니까

과학이 무한 발전하고 있습니다.
기가 막힌
도저히 상상도 못할 일이 벌어지고 있습니다.
당신은 좋습니까?
인공지능을 탑재한 로봇이
우리들의 일자리를 앗아가는 시대가 오는 것이
당신은 좋습니까?
인공지능이 딥러닝으로
자신보다 더 뛰어난 인공지능을 갖게 되고
사람이 인공지능을 통제할 수 없는 시대가 오는 것이
당신은 좋습니까?
마침내
돈 많은 늙은이가 늙은 육신을 폐차하듯 버리고
젊은 뇌사자에게 뇌를 이식하여
오래 살 수 있는 시대가 오는 것이
당신은 좋습니까?
아들보다 더 젊은 아버지

손자보다 더 어린 남편으로

오래오래 살 수 있는 시대가 온다면 당신은 좋겠습니까?

비인간

가끔 싱귤래리티(singularity)* 이후의 사회를 생각한다.

안드로이드나 사이보그 같은 인간의 지능을 뛰어넘는
비인간(非人間)이 끼어든 사회는 어떻게 될까.
인간끼리도 어울려 살지 못하는데
인간의 통제가 불가능한
감정이 없는 비인간이
아프지도 않고 죽지도 않는 그들이
다수를 차지할지도 모를 사회

어떤 학자는 2045년에, 그러니까 20년 후 그런 사회가
온다고 했다는데

---

* 인공지능(AI)이 인류의 지능을 초월해 스스로 진화해 가는 기점(기술적 특이점). 이 시점에 이르면 인공지능은 자신보다 더 뛰어난 인공지능을 만들어내고 사람은 더 이상 인공지능을 통제할 수 없게 된다. 미래학자 레이 커즈와일(Ray Kurzweil)은 『특이점이 온다(The Is Near)』라는 저서에서 2045년에 특이점이 올 것이라고 예측했다.

최근에는 그 시점이 앞당겨졌다고 예측하는 학자도 많다는데

　나는 휴대전화의 업데이트도 따라가지 못한다.

　그런 생각을 할 때마다 늙은 것이 정말 다행이라고 생각한다.

소리의 바코드 시대

펜의 시대가 가고
자판의 시대도 가고
지금은 touch의 시대
그러나
touch의 시대도 이미 구시대의 유물이 되어가고
성문(聲紋)의 시대가 성큼 왔다.

펜으로 한 자 한 자 정성껏 쓰던 시대는 오래전에 가고
급한 마음으로 자판을 두들기던 시대도 가고
지금은 손가락으로 살짝 touch만 하면 되는
액정 screen의 시대
그러나
목소리에도 무늬라는 게 있어
소리 무늬로 전화도 걸고
현관문도 열고
스마트폰도 사용하는
소리 무늬가 시대의 주역을 넘보고 있다.

체온이 실리지 않은

목소리에서 무늬만 추려내 소통할

소리의 바코드 시대는 과연 어떤 시대가 될 것인가.

우리는 먹는다

먹어야 산다.
그래서 우리는 먹는다.
시도 때도 없이 먹는다.
또 다른 생명을 먹는다.
삶아 먹고
구워 먹고
볶아 먹고
튀겨 먹고
찢어 먹고
산 채로 회쳐 먹고
참으로 갖가지로 먹는다.
짐승처럼 먹는다.
그러나 우리는 문화적으로 먹는다.
살아서 퍼덕거리는
물고기의 눈
세발낙지의 토막 난 발을 보면서도
우리는 생명에 대하여

종교에 대하여
사랑에 대하여 담론하며
때로는 냅킨을 두르고
입술을 닦아가며 문화적으로 먹는다.

음식에 대하여

배고파 먹는 것 말고는
음식은 맛으로만 먹는 게 아니다.
음식에는 삶의 기억이 담겨있다.
엄마가 만들어준 음식
행복한 음식
눈물을 흘리며 먹은 음식

음식점에 함께 갔다는 이유로
당신과 같은 음식을 주문하도록 강요하지 마라.
나는 가끔
더운 여름 입맛을 잃을 때
어머니가 만들어주신 갈치조림이 생각난다.
삐쩍 말라 뼈만 남은 작은 갈치 두어 토막을
졸망졸망한 하지감자와 함께 졸여주신 갈치조림이

이웃집 개

옆집 개가 짖는다.
내가 나갈 때 들어올 때마다 짖는다.
증오에 가득 찬 소리로 금방이라도 물어뜯을 듯 짖는다.
아내와 나, 두 식구인 우린 여기서 스무 해째 살고
옆집은 젊은 부부와 초등학교 다니는 아이가 산다.
이사 온 지 서너 해가 되지만
함께 하는 시간을 갖진 못했다.
통통하고 귀엽게 생긴 아이는 엘리베이터에서 마주쳐
알뿐
맞벌이 같아 보이는 부부들에 대해서는 아는 것이 없다.
옛날엔 이웃집 살강에 놓인 숟가락 개수도 알았다는데
이웃사촌은커녕
이웃집 개도 열린 현관문 사이로 힐끗 본 것이 전부
그런 개가 나를 두고 짖는다
날 언제 본 적이 있다고
하루에도 몇 번씩
혹?

저 개는 알고 있는 것인가?

발짝 소리만 듣고도 시커먼 도둑놈 심보를 아는 것일까?

'개 같다'라는 말

어떤 대상이나 상황이 마음에 안 들 때 쓰는 말
참으로 얼토당토않은 말
개를 욕보이는
터무니없이 잘못된 말
개는 배신할 줄 모르며
순종을 제 목숨보다 귀히 여겨
주인을 믿고
주인으로부터 사랑받기만을 원한다.
누구 개 같은 믿음을 가져보았는가,
개 같은 순종을 해 보았는가.
개면 개지 '개 같은' 개는 없다.
도리어 '개 같은' 사람은 드물고
개만도 못한 사람이 판을 치는 것이 문제일 뿐

3———

응급실에 실려가면서

산책을 나갔다가
눈길에서 넘어져
머리를 다치고
응급실에 실려갈 때였다.
문득
내가 지금 죽는다면
몇 사람이나
눈물을 흘릴까 생각했다.
그리고
내 삶에 대해 누가
변명해 줄 수 있을까 생각했다.
나는 이렇게 마지막까지
세상에 대한 미련에서 벗어나지 못했다.

마취

담낭염으로 쓸개 제거 수술을 받았을 때
전신 마취를 했다.
나의 쓸개는 통째로 사라졌지만
아무것도 기억하지 못했다.
무의식에서 깨어났을 때
맨 먼저 의식으로 돌아온 것은 고통이었다.
나는 그때
삶에도 죽음의 공간이 있고
산다는 것은 고통의 시작임을 깨달았다.

섣달그믐에

하룻밤만 지나면
올해도 삼백예순다섯 날을 다 살게 되는데
그 많은 날이 어디로 갔을까.
오래 살려 바둥거릴 일이 아니다.
새해에는 어물쩍 새어 나가는 날부터 단속해야겠다.

늙는다는 것은

늙는다는 것은 엄청난 일
욕심의 근육도 늙어
어쩔 수 없이 모든 것을 내려놓았을 때
저녁놀이 보이기 시작했다.
찬란한 한낮의 햇빛보다 더 아름다운 저녁놀이

늙는다는 것은 엄청난 일
가쁜 숨을 몰아쉬기 시작하면서
평생 잠시도 쉬지 않고 숨을 쉬었으면서도
느끼지 못했던 숨을 느끼기 시작했다.
하나님이 직접 불어넣어 주신 숨을

늙는다는 것은 엄청난 일
멀리서 찾던 행복이 바로 곁에 있음을 알았다.
얼마 전 다녀간 손자의 식스팩
허리 굽은 아내와 느릿느릿 걷는 산책
길가에 핀 작은 꽃

그게 다 행복이다.

여든의 벽을 간신히 타고 오르니 육신이 피곤하다.
눈이 어둡고
귀도 어둡고
모든 감각이 시들어간다.
이제 누구도 피할 수 없는 그날을 기다린다.

그러나 깨닫는다.
눈이 어둡고 귀가 어두운 것은
지금까지 보지 못하던 것, 듣지 못하던 것을
영안으로 보고
마음으로 듣는
육신을 버릴
그날을 위한 훈련임을
영혼의 사이클을 맞추기 위한 훈련임을

늙는다는 것은 엄청난 일이다.

늙으니까

미처 건너기 전에 신호등이 바뀌어 버리는 긴 횡단보도
겨우 쫓아가면 떠나버리고
앉기도 전에 출발하는 버스
얼마 전 11층 할머니가 내리다가 넘어진 높은 버스 문턱

인터넷으로만 예약하고 어디서 승차하는지도 모르는
고속버스 KTX
손녀 말이 비행기는 짐을 부치는 것도 탑승 수속도
본인이 직접 해야 한다는데
탈 일이 없으니 됐고

홀 직원이 없는 식당
키오스크라는 것 앞에서 밥맛을 잃고
일일이 손가락을 찍어 먹을 것을 찾다가, 그만 이성을
잃게 만드는 메뉴

그래서 아내와 난
하루종일 재택근무에 충실한 모범적인 부부가 되었다.

늙은 부부

늙은 부부란
오래 입어 구겨지고 해진 헌 옷 같은 것
비싼 값을 치른 것이 아까워 차마 못 버리는
서로가 서로에게 헐렁한 낡은 바지 같은 사이

늙은 부부란
설렘 사랑 다 빠져나가고
미움도 졸업하고
웬만한 막말도 다 건네본
서로 건강하기를 바라는 것 말고는 더이상 바랄 것도
숨길 것도 없는
알 것 다 아는 사이

그래도 우린 늘 싸운다.
주먹보다 더 아픈 '말 빤치'로 싸운다.
어찌어찌 아슬아슬 참아온 세월
그동안 참고 참아준 아내가

때로는 나보다 더 강한 펀치를 날린다.

나는 가끔 아내의 주름진 얼굴이
내 탓 같은 생각이 들어
져주고도 싶지만
지난 시절 내 소행을 빼놓지 않고 기억하는 아내가
얄미워서
바득바득 이기려 들고

침대보다 방바닥이 더 편하다고
발 쭉 뻗고 누워있는 아내
몸뚱이 하나도 무거워 그러는걸
젊을 때는 안 그랬는데
만사가 귀찮아 그러는걸
안쓰러운 마음으로 조심조심 비켜 간다.

여보 힘내세요

그때가 행복이었습니다.
싸우던 그때가 좋았습니다.
서로 지지 않으려고
핏대를 세우던
며칠 말도 안 하고
다시 안 볼 것처럼 지내던 그때가 오히려 좋았습니다.
건강했기 때문에
싸울 일이 있었기 때문에
이겨야 할 일이 있었기 때문에 좋았습니다.
당신이 자꾸 아프기 시작한 뒤로
가슴 덜컹 내려앉는 때만 있을 뿐
핏대 세워 싸울 일 없는 고요가 무덤 속 같습니다.
가끔가다
아이들처럼 삐질 일이 없는 것은 아니지만
싸우지 않고 그냥 지나는 평화가
행복이 아니라는 것을
이제야 깨닫습니다.

당신도 몰랐겠지요,

대단히 미안한 말이지만

당신은 사나울 때가 가장 예뻤다는 것을

여보 미안해요.

싸울 때가 행복이었는데

모든 때가 행복이었는데

자꾸 약해지는 당신

밥 많이 먹고 우리 다시 싸워봅시다.

여보

힘내세요.

결혼 54주년을 맞아

내가 아내를 처음 만난 그날도 오늘처럼 하얀 눈이
내렸다.

아내는 그때 하얀 천사처럼 내 가슴에 들어왔다.

그리고 우린 '평생웬수'*가 되었다.

오늘이 54주년

나처럼 늙은 아내여,

오늘만은 동화 속의 소녀가 되어라.

도토리처럼 앙증맞게 예쁜 소녀가 아니어도 좋다.

주근깨가 조금은 있고

머리는 두 갈래로 딴 말괄량이여도 좋다.

* 할아버지 할머니가 퀴즈 문제를 알아맞히는 텔레비전 프로그램에서
나온 말. '천생연분'이 문제로 나왔다. 할아버지가 "우리 사이"라고
힌트를 주자 할머니가 "웬수"라고 답하고 당황한 할아버지가 "아니
네 자"라고 다시 힌트를 주자 할머니는 "평생 웬수"라고 답함

다만 아픈 허리 땜에 끙끙대지 않는
그냥 꿈 많은 어린 소녀가 되어라.
나는 오직 너만 사랑하는 소년이 되어
우리 함께 순록이 끄는 썰매를 타고
아무 걱정 없는 동화 속 설국으로 떠나자.
차이콥스키의 마차가 달리던 자작나무 숲을 지나고
굴뚝에서 그림처럼 흰 연기 솟아오르는 통나무집이
보이면
그곳에서
성에 낀 창문에 호호 예쁜 하트도 그리고
벽난로 앞에 앉아 은사시나무 탁탁 타는 소리를 듣자.

오, 나의 늙은 아내여
가난하고 알량했던 기억일랑 모두 잊고
아픈 데도 없고 걱정도 없는
동화의 나라
꿈속의 내 왕국에서

당신은 예쁜 공주가 되어 편안한 겨울밤

지친 몸을 소파에 묻고 아이처럼 깊이 잠들어도 좋으리.

나는 당신의 발치에 앉아

벽난로 불빛에 곱게 물든 당신을 지켜보며 꼬박 밤을

새워도 좋으리니.

더 바랄 것은 없다

휴대전화를 볼 때
아내는 돋보기를 쓰고
나는 늘 끼고 다니는 안경을 벗는다.

둘이 다 믿는 예수님과
글자 한 자 다르지 않은 성경을 보면서도
한 사람은 안경을 끼고
또 한 사람은 안경을 벗는다.

우린 이렇게 서로 다른 눈으로
세상을 보고
서로를 보고 살아왔다.

사소한 일일수록 의견이 다르고
더 치열하게 다퉜다.
대개는 아내가 억울한 마음으로 졌다.
용케도 쉰두 해를 참아준 그 무서운 끈기

하지만 안 보이면
서로 찾는
우린 '평생 웬수'

아내는 여전히 나를 위해 밥상을 차리고
나는 밀대로 겨우 바닥을 닦고 생색을 내는
나름대로 힘든 얌체의 세월을 산다.

더 바랄 것은 없다.
저 평생 웬수,
평생 건강하길 바라는 것을 빼고는
그래야 평생을 싸우다 갈 수 있으니까.

마른 꽃

거실 벽에 걸려있는 마른 꽃들을 보고 오랜만에 다니러
온 딸이 궁상맞다고 치우라 한다.

아내는 딸 몰래 그 꽃들을 벽장 속에 감추어 둔다.

우리 집엔 아내와 나, 둘이 산다.

그리고

식탁과 의자와 옷장과 책장…

모두 같이 늙었다.

식탁은 긁힌 얼굴에 주름이 깊고

벽은 늙어 얼굴이 노랗고

형광등 몇 개는 신경이 끊겨 있고

베란다 창호도 새시도 문짝도 모두 연골이 닳아 늘
삐걱거린다.

소나타도 17년째, 사람으로 치면 고희쯤일까.

아내와 나를 둘러싼 우리 집 것들은 우리와 함께 모두
세트로 늙었다.

한 달여를 짓이기다가 딸과 손자들이 미국으로 돌아간
뒤 아내는 마른 꽃을 다시 내다 걸었다.
　어찌 알랴, 마른 꽃이 그냥 말라버린 꽃이 아님을
　마른 꽃은 생일이고
　결혼기념일이고
　늙어가는 세월을 잠시나마 끊어놓고 간 꽃 테이프임을

　여든을 바라보는 나이에 꽃값이 너무 비싸 겨우 두 송이
사 들고 온 장미
　마른 발목을 묶여 정답게 마주 보고 매달려 있다.
　마른 꽃도 꽃이다.
　우리다.

노인들이여 농땡이를

일밖에 모르고 살아온 노인들이여
남은 인생을 즐기려거든
농땡이를 잘 치는 늙은이가 되시라.
언제 아파 누울 줄 모르고
언제 떠날지 모르는데
내일을 위하여 오늘을 희생하지 마시라.
아끼는 옷부터 먼저 입고
아깝다고 맛없는 음식 먹지 말고
싫은 일 억지로 하지 말고
아들 눈치
가족 눈치
남의 눈치 볼 것 없이
적당히 꾀부리고
게으름 피울 줄 아는
농땡이 잘 치는 늙은이가 되시라.
당신이 지금 세상을 떠난다 해도
세상은 굴러갈지니.

쌤통이다

늙으니 여기저기
몸뚱이의 반란이 장난이 아니다.
젊어서는 회사에 목을 매더니
늙어서는 병원에 목을 맨다.
젊어서는 쥐꼬리 월급이라도 받아왔는데
한 푼이 새로운 이제
달라는 대로 주고 온다.
그러고도 모자라
아들보다 어린 의사에게
목줄 잡은 회장님 눈치 보듯
선생님, 선생님,
애걸하듯 조아리는 가련한 여든
남의 일엔 잘도 간섭하며
잘도 잘난 체하며
제 몸도 모르고 살아온 어리석은 놈,
내가 나에게 하는 말
쌤통이다!

아이고

나이 들수록 늘어가는 영어 실력
아이고 아이고 아이고
일어서다가
기지개 쭉 켜다가
무심코 허리 펴다가
나도 모르게 튀어나오는
아이고 아이고 소리
저승길 눈앞에 두고
막상 떠나지도 못하면서
겁만 주는
I go 소리

액자

시골에 가면
할아버지 할머니가 사시는 집에는
어김없이 사진을 넣은 액자가 몇 개씩 벽에 걸려있다.
거의 모두 웃고 있다.
즐거운 시간 행복한 순간을 담은 것이기 때문이다.
울면서 찍은 사람은 아이들밖에 없다.
기억은 시간이 갈수록 희미해지고
사진은 지난 시절의 기뻤던 순간과 행복했던 시절을
생생하게 재현할 수 있는 유일한 수단이다.
사진은 휴대전화에도 들어있지만
찾아내야 하는 번거로움이 있다.
특히 늙은이들에게는 더욱 그렇다.
액자는 그런 수고를 덜어준다.
내 아파트에도 방마다 몇 개씩 걸려있다.
책장에는 작은 액자들이 빈자리마다 놓여 있다.
그 속에서 나는
중년의 아버지와 어머니와

그냥 예쁠 뿐인 내 어린 새끼들을 하루에도 몇 번씩
만난다.

잠 못 이루는 남자 어르신들에게

잠을 설쳤다.

온몸이 찌뿌드드하다.

늙은이들에게 수면 부족은 만병의 근원인데 오늘은
잡쳤다.

잠이란 이름의 요녀는 한번 놓치면 잡기 어렵다는 것을
잊었다.

잠년과 단꿈을 꾸고 싶으시거든

잠자리에 들기 전 따뜻하고 향기로운 비눗물에 깨끗이
씻고

딴생각일랑 절대 마시고 오로지

잠년만 생각하면서 얌전히 기다리셔야 합니다.

잠년은 다가올 때 얼른 잡아야 합니다.

얼른 잡아 품 안에 폭 껴안고 자야 합니다.

사람들과 늦도록 대화를 나누지 마세요.

아내도 멀리하세요.

잊지 마세요.

잠년은 질투가 많다는 것을

한번 토라지면 날 밤샐 각오를 해야 한다는 것을

부르면 언제라도 달려올 것이란 착각은 버리세요.

세상에 늙은이를 좋아하는 건

'후회'와 '미련'이라는 이름의 못된 년들뿐임을 잊지
마세요.

치매

노인은 외롭다.
그러나 노인의
추억 속에는
그리운 것들이 다 있다.
고향집
고교 동창
어린 새끼들
…
노인은 추억 속 노다지를 캐느라 여기를 잊었다.

친구, 오늘 참 춥네

친구, 오늘 참 춥네.
겨울이 왜 오는 줄 아는가?
학교 때 우리 배우지 않았는가?
지구는 스스로 돌면서 태양의 주위를 돈다고
그래서 밤과 낮이 생기고
사계절도 생기는 거라고
태양은 가만히 있는데
지구가 저 혼자 가까워졌다 멀어졌다 하면서
태양을 받는 각도가 달라지면 사계절이 오는 거라고
빛을 받는 각도가 클수록 덥고
적을수록 추운 거라고
지구가 제멋대로 태양에 가까워지면 불타버리고
멀어지면 얼어붙어 종말이 온다고

그렇게 해서 씨 뿌리는 봄이
열매가 자라는 여름이 오고
잘 익은 오곡백과와 땔감을 거두는 가을이 오고

따뜻하게 군불 때고
맛있는 음식을 가족들과 함께 나눠 먹으며
오손도손 사랑을 나누는 추운 겨울이 오는 거라네.
그렇게 한 해 두 해 세월이 가고
우리는 늙어가는 거지.

친구, 요즘 날씨가 이렇게 더웠다 추웠다 변덕을 부리며
온 세계가 기상이변으로 몸살을 앓는 것은
하나님 탓이 아니라네.
우리 몸의 피부 같은 이 땅과 혈맥 같은 강줄기를
더 잘살아 보려는 무한의 욕심으로
들쑤시고 파헤치고
자르고 막아서
이 지구를 병들게 했기 때문이지.
친구, 우리들이 진정으로 우리들의 자식을 사랑한다면
시집 장가 안 간다고 구박할 게 아니라
종말을 향해 가고 있는 이 지구부터 구해야 할 것

아니겠나.

　더 늦기 전에 말일세.

　친구, 중요한 것은 말이네.

　하나님은 태양이 늘 그 자리에 있듯이 늘 우리 곁에
계시다는 것이라네.

불새

— Y 교수를 추모하며

첫눈이 내린다.

첫눈치고는 무척 소담스러운 함박눈 사이로 작은
굴뚝새 한 마리가 날아가는 것이 보였다.

문득 3년 전 우리 곁을 떠난 그가 생각났다.

그는 오케스트라 지휘자였다.

말기 암 선고를 받고도 해외로 오케스트라의 지휘
여행을 다녀온 지 한 달 만에 그는 우리 곁을 떠났다.

그는 평생을 노래에 살고 노래로 마감한 진정한
마에스트로였다.

그는 11월 그믐날,

가을도 아니고 겨울도 아닌 세월의 건널목에서 이승을
떠나 저승으로 갔다.

그가 성남의 한 불가마 속에서 치열한 불꽃으로
타오르던 그날도 첫눈이 내리고 있었다.

마치 하얀 나비 떼들이 그의 연주에 따라 춤이라도 추는
듯 함박눈이 내리고 있었다.

나는 화장장 밖에서 하염없이 내리는 눈을 헤아리고
있었다.

　그때 나는 보았다.

　한 마리의 새가 화장장 굴뚝 위로 솟구쳐 올라와 하얀
눈 속으로 가뭇없이 사라지는 것을

　그는 짧지 않은 시간을 암과 싸웠다.

　의사들은 마치 그가 기니피그나 마루타이기라도 한
것처럼 방사능요법 화학요법 물리요법 등 온갖 가능한
치료 방법을 실험하는 듯했다.

　그런데도 그는 늘 웃음으로 사람들을 대했다.

　음악에 대한 그의 열정도 식을 줄 몰랐다.

　그는 그 험한 치료를 거부하지 않고 모두
받아들이면서도 이미 약속된 동구라파와 이탈리아 등
해외 지휘 여행을 단 한 차례도 취소하지 않았다.

　그럴 때마다 그의 상태는 나빠졌고 마지막 대만 여행
때는 복수가 차오르고 있었다.

그는 죽음을 두려워하지 않는 사람처럼 늘 웃음으로
나를 대했다.
아마도 죽음보다 더 그를 힘들게 했던 것은 사랑하는
가족들이 그의 안색을 살피고 눈치를 보며 주눅이
들어있는 것을 바라보는 일이었을 것이다.

나는 보았다.
제 몸보다 더 크게 날개를 치며 눈 내리는 허공 속으로
비상하던 자유의 새를
그는 타 버린 재에서 다시 살아난다는 전설의 불새가
되어 날아간 것은 아니었을까.

고맙습니다

팔십 평생 살아오면서 많은 사람을 만났다.
고마운 사람
미운 사람
싫은 사람
참 많은 사람을 만났다.
고마운 사람들에게 고마운 마음을 표시하고 싶다.
이 새벽 곰곰 생각하니
대부분 스치듯 지나간 사람들이었다.
학교 선생님, 직장 상사, 선후배, 의사 선생님 같은
잊지 못할 분들도 있지만
버스와 택시 기사
미화원
교통경찰
가게 종업원
택배원 아저씨 등등
대부분이 이름도 성도 모르는
얼굴조차 떠오르지 않는 사람들이었다.

가끔은 몇 마디 대화도 나눴지만
까맣게 잊힌 사람들이었다.
그들이 있었기에 나는 지금까지 큰 어려움 없이 살았다.
내가 이 세상을 아름답게 기억하며
따뜻한 감사의 마음을 품고 떠날 수 있게 해준 분들

여러분 고맙습니다.

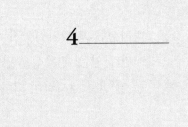

유구무언

하나님은 오늘 아침까지
이만 구천 칠백 팔십오 번이나 깨워주셨는데
난 한 번도 새사람이 되어 일어난 적이 없다.

거울을 보며

거울을 보며 생각한다.
나를 이렇게 만드신 하나님 뜻을
두 눈은
좌우로 치우치지 말고
똑바로 보라고
두 귀는
듣고 싶은 말만 듣지 말고
듣기 싫은 말도 잘 들으라는 뜻
특별히 입이 하나인 것은
두말하지 말라는 뜻
굳은 서약조차 쉽게
뒤집는 것을 경계하심이 아니겠는가.

새벽기도

주님,
또 하루 새날을 주심을 감사합니다.
저에게 새날 새 기회를 허락하신 뜻을 생각하게 하소서.
제 영혼의 샘에 종일 성령의 맑은 물이 솟아나게 하시고
제 마음의 정원에 아름다운 사랑의 꽃을 피워 만나는
사람마다 나눠줄 수 있게 하소서.
저의 즐거움보다 다른 사람의 즐거움을 바라보는 것이
더욱 행복한 것임을 깨닫게 하소서.

주님,
욕심이란 소금물과 같아
지금 가진 것에 감사할 줄 모르는 사람은 오늘 더 많이
갖게 된다고 할지라도
내일은 오히려 더 많은 갈증을 느끼게 된다는 것을
깨닫게 하소서.
인생의 참 기쁨은 목표의 달성이 아니라
목표를 향해 가는 과정에 더 많이 달려 있다는 것을

알게 하소서.

　인생에는 온전한 기쁨도 없고 온전한 슬픔도 없으며

　슬픔과 기쁨은 베 짜기의 씨실과 날실과도 같다는 것을
깨닫게 하소서.

　주님,

　오늘의 일기는 오늘만 쓸 수 있다는 것을 잊지 않고

　훗날 하나님께 일기 숙제를 제출할 때 부끄러움이
없도록

　오늘은 어제와는 다른 일기를 쓰도록 도와주소서.

　아멘.

가을은

가을은 기도의 계절입니다.
열매도
잎사귀도 다 내주고
알몸으로 서는 나무들처럼
빈 마음으로
빈손을 모아
묵언으로 기도하는 계절입니다.
땅에 떨어진 낙엽과
시들어가는 잎사귀들이
어우러져 보여주는
낙하(落下)의 뜻에 대하여
침묵하시는 하나님의 뜻에 대하여
묵상하는 계절입니다.
나에 대하여
인간에 대하여
묵상하며 기도하는 계절입니다. 그리하여
우리들의 기도가 눈물로 흐르고

욕심과 증오가 씻기면

용서의 계절

겨울은 오고

하나님은 세상을 하얗게 덮어주실 것입니다. 그리고

봄은 또 올 것입니다.

낙엽이 진 자리에

파릇파릇 푸른 희망의 싹이 다시 돋고

동면하던 벌레와 짐승들이 모두 깨어나고

추위에 떨던 작은 새 새끼들

얼어붙은 시냇물조차 풀려 다 함께

은혜와 찬양과

환희의 송가를 노래하는 새봄이 올 겁니다.

믿음

몸안에 심장이 뛰어
피가 돌고
머리에 뇌가 있어
생각한다.
너는 네 심장을 보았는가.
네 두뇌를 보았는가.
믿음이란 보는 것이 아니다.
작동하는 것만으로 있음을 알듯
네가 살아있음으로
네 주님이 계심을 알라.

소망

주여
죽어서 제가 다시
무엇인가 되어야 한다면
한낱 바람이게 하소서.

형체가 없으니
거짓으로 가꾸지 않아도 되고
머리가 없으니
잔머리를 굴릴 수가 없고
삼킬 위가 없으니
무슨 탐욕이 있으리까.

지님도 없고
매임도 없고
태어남과 죽음에 경계가 없는
바람으로 나게 하소서.

그러나 주여
부수고 넘어뜨리는
거친 겨울바람이 아니라
만물을 감싸 깨우는
부드러운 봄바람이게 하소서.

감사 코인

가상화폐 열풍이 불고 있습니다.
당신은 감사라는 이름의 코인에 대해 들어보았습니까.
채굴이 너무 쉽고
채굴 비용이 단 한 푼도 들지 않는
감사라는 이름의 코인
짜증 내는 마음
불평하는 마음
원망하는 마음을 버리고
감사하는 마음을 먹기만 하면 그 즉시 생기는 코인
비트코인 따위와는 비교도 안 되는
이것 한 닢이면
평생을 행복하게 살 수 있는 감사라는 이름의 코인에
대해

물 위를 걷는 승리

고치기 어려운 병으로 혹은,
대인 관계로나
해결하기 어려운 문제로나
힘든 하루를 보내고 있는
노인들이여
생각해 보라.
인생이란
안개 낀 정글 속
미래라는 이름의 강을 건너는 것
얼마나 깊고 넓은지
그 속에 무엇이 살고 있는지 알 수 없는
크고 작은 수많은 두려움의 강을 건너는 것.
우리가 지금 여기 있음은
그 모든 강을 건넜음이 아닌가.
두려워 말자,
남은 강
우리 앞 선인들이 모두 건너간 그 강

우리라고 못 건널 것인가.
어차피 건너야 할 강이라면 당당하게 건너자.
다만 우리에게 필요한 건 믿음
나도 예수님처럼 물 위를 걸을 수 있다는 믿음*

* 마태복음 14장 25~31절

늙은 부부들을 긍휼히 여기소서

주님, 오늘도 가슴 아픈 소식을 들었습니다.

제가 아는 분의 부인이 암 판정을 받아 항암치료를 받게 되었다는 이야기를

주님, 제가 나이가 든 때문이겠지요.

만나는 부부들마다 남편 아니면 아내, 아내 아니면 남편이 감당하기 힘든 병으로 하루하루를 견디며 사는 것을 봅니다.

주님 저희는 너무 약합니다.

사람들은 욥처럼 그럴수록 더욱 굳센 믿음을 가지라 하지만 육신의 고통을 오래 감당하기에는 너무 늙고 연약합니다.

아이들도 장성하여 이제 둘이서라도 오손도손 살아보려 했더니 이게 어인 일일까요?

저희가 할 수 있는 것은 하루하루를 지독히 참고 견디는 것 말고는 겨우 눈물을 닦는 일뿐이라는 것을 주님도 잘 아시지요?

주님, 부부 가운데 한 사람이 아프면 한 사람만 아픈 것

이 아니라 두 사람의 남은 삶이 함께 무너지는 것입니다.

한 사람이 고통으로 신음하는데 다른 사람이 어찌 쉽게 잠을 이룰 수 있겠습니까.

한 사람이 식욕을 잃고 나날이 여위어 가는데 다른 사람이 어찌 우적우적 음식을 씹어 넘길 수 있겠습니까.

한 사람은 병고와 싸우며 불안과 두려움 속에 매시간을 겨우 넘기는데 다른 사람은 어떻게 텔레비전을 보며 웃고 떠들겠습니까.

주님, 젊었을 때는 몰랐습니다.

나이 드신 분들이 하시던 '부부는 일심동체'라는 말을 이제 압니다. 그 말뜻을

주님, 뒤늦게 철들었다 탓하지 마시고 둘 가운데 한 사람을 불치의 병으로 아프게 하시려거든, 차라리 둘 다 아프게 하시고 고통을 반으로 나누어주소서.

그리하시는 대신 저희의 남은 생을 반으로 줄이고 같은 날 같은 시에 함께 데려가 주소서.

어느 한쪽이 아파 누우면 혼자서는 아무짝에도 쓸모없

는 외 젓가락 같은 신세라는 것을 저희가 잘 아오니, 주님
꼭 그리하소서.

　　주님, 저희 늙은 부부들을 긍휼히 여기소서.

　　아멘.

새해엔 나도 좀 쉬게 해 다오

주님, 크리스마스와 연말연시가 되니 기도 소리가
높습니다.
그렇겠지요. 그래야겠지요.
우크라이나와 팔레스타인
세계 여기저기 기상이변
굳이 남의 나라 얘기할 것도 없이 우리 꼴이 엉망인데
당장 시급한 민생문제나 나라의 미래 얘기는 어디로
가고
자고 나면 탄핵 얘기뿐인데
어쩌다 다른 얘기라면 즐겁고 아름다운 얘기가 아니라
슬프고 심란한 얘기뿐인데
주님 찾는 목소리가 커지는 것은 당연한 일이겠지요.
주님, 못 들은 척 외면하기 어려우시지요?

알아요, 주님이 제게 뭐라 하실지.
아마 이렇게 말씀하시겠지요.
이놈아, 그게 왜 내 책임이냐.

사사건건 너희들이 잘못해 놓고 왜 나더러 수습하라
난리냐.
　그렇게 살지 말라고
　예수를 보내서
　십자가에 못 박혀 죽는 고통을 겪게 하면서
　서로 사랑하고 참고 용서하며 살라고 단단히 일렀지
않으냐.
　마음이 가난한 자는 복이 있다고
　먹을 것 입을 것 걱정하지 말고
　욕심부리지 말라고 말하지 않았느냐.
　남의 슬픔을 자기 슬픔처럼 생각하는 자는 복이 있다고
　온유한 자
　의에 주리고 목마른 자
　긍휼히 여기는 자
　마음이 청결한 자
　화평하게 하는 자는 복이 있다고
　그들은 내 아들이라 일컬음을 받을 것이라고 가르치지

않았느냐.

　이스라엘 사람이 애굽을 빠져나올 때도 시나이산으로
모세를 불러
　부모를 공경하라.
　살인이나 간음, 도둑질하지 말라.
　이웃에게 불리한 거짓 증언을 하지 말라 이르고
　잊지 말도록 돌판에 새겨 주지 않았느냐.

　주님은 또 이렇게 꾸짖으시겠지요.
　속이고 미워하고
　편을 갈라 싸운 사람은 너희들인데 왜 나더러
해결하라는 것이냐.
　땅 위에 사는 너희들 숫자가 80억인데
　변덕이 죽 끓듯 하니
　누구 기도를 들어주어야 하는 것이냐.

내가 직접 끼어들어 근심 걱정 없게 만들어 준다면
만족할 것이냐.
　심심하다 하겠지, 사는 것이 지루하다 하겠지,
　화투장을 손에 들고 술과 마약을 즐길 놈도 많겠지.
　똑똑히 알아두어라.
　너희는 나의 장난감이 아니다.
　내가 모든 것을 챙겨 줘야 하는 애완견이 아니다.
　너희는 나와 인격적으로 만나는 자유인이다.
　마음만 먹으면 무엇이든 할 수 있다.
　내가 너희들에게 아무 걱정 말라고 말하는 것은
　필요한 모든 것을 너희들 손에 쥐어준다는 뜻이 아니라
　너희 사는 땅에 숨겨 놓았다는 얘기지.
　그것을 찾는 즐거움, 땀 흘려 얻는 기쁨을 맛보게 하고
　너희들 인생이 지루하지 않게 하려는 것이었지.
　생각해 보라, 너희들 머리와 노력으로 얼마나 더 잘살게
되었는지.
　열심히 찾으면 다 있어.

너희들 재능이 다 다르니 서로 도움을 구하고 도와주면
뭐든 해결할 수 있어.
　열심히 두드려 봐, 아무리 굳게 닫힌 문도 자꾸 두드리면
열려.
　마음의 문도 다 열려.

　너희들은 금요일에 쉬는 것도 모자라 주 4일 근무까지
주장하면서
　왜 내게는 시도 때도 없이
　이거 해달라, 저거 해달라, 외치는 거냐.
　창세기도 읽어보지 않았느냐,
　천지창조를 마치고 일곱째 날에
　나도 안식하였다고 적혀있지 않느냐.
　새해엔 나도 좀 쉬게 해 다오.

Quo Vadis?*

빙하가 녹아
얼음 속에서 잠자던 전염병들이 깨어나고
바닷물이 범람하고
해류가 바뀌고
지진으로 땅이 갈라지고
꺼질 줄 모르는 산불
폭설 폭염 폭우와 가뭄…
기상이변이라는데
거짓 선지자들과 사이비 정치지도자들과
무당에게 놀아나는 좀비들이
백주에 떼 지어 돌아다니고 있다는데

* 요한복음 13장 36절, 예수님께서 최후의 만찬을 끝내고 겟세마네 동
   산으로 가시기 전 베드로가 예수님에게 "주님, 어디로 가십니까(Quo
   vadis, Domine)?"라고 물은 라틴어 경구

마태복음 24장*을 보라

뒤도 안 돌아보고 도망가야 할 그때가 왔나 보다.

Quo Vadis?

* 마태복음 24장(요약)

민족이 민족을 나라가 나라를 대적하여 일어나겠고 곳곳에 기근과 지진이 있으리니 이 모든 것은 재난의 시작이니라. 거짓 선지자가 많이 일어나 많은 사람을 미혹하겠으며 그때 유대에 있는 자들은 산으로 도망할지어다. 지붕 위에 있는 자는 집 안에 있는 물건을 가지러 내려가지 말며 밭에 있는 자는 겉옷을 가지러 뒤로 돌이키지 말지어다. 창세로부터 지금까지 이런 환난이 없었고 후에도 없으리라.

* 2023년 8월 발생한 하와이 산불 때는 많은 사람이 불길을 피해 바다로 뛰어들었다가 시신으로 돌아왔다.

할렐루야를 외치는 이유

인생은 등산,
사람들은 저마다 넘어야 할 산을 하나씩 지니고
태어납니다.
어떤 사람은 몇 개의 산을 안고 태어나기도 하고
어떤 사람은 긴 산맥을 넘어야 할 운명을 지니고
태어나기도 합니다.
높고 험악한 산은 오르기가 힘듭니다.
그러나 진정한 산악인은 높은 산에서 더 큰 희열을
느낍니다.
정상에 올라 겨우 사진 몇 장 촬영하는 짧은 순간을
머무르고
다시 내려오면서
목숨까지 내걸고 도전합니다.
인생이 등산과 다른 게 있다면 산은 거기 그대로 있지만
세월은 갑니다.
산은 오르지 않으면 그뿐이지만
삶은 멈출 수 없습니다.

삶의 길이 아무리 고달프고 힘들어도 우리는 가야만 합니다.

주님을 믿는 사람은 주님을 만날 소망을 갖고 삽니다.

주님 만날 기쁨이 어찌 텅 빈 에베레스트 정상에 오르는 것에 비하리오.

인생길이 아무리 거칠고 험해도

믿는 사람들이 할렐루야를 소리 높여 외치는 것은 그 때문입니다.

저들만은

주님
정치인이 없는 세상을 바랍니다.
하루도 빼지 않는 저들의 막말과
거짓말
온갖 험한 말을 들으며
아이들을 키우기가 너무 어렵습니다.

주님
저들이 입국을 신청하거든
엄정하게 심사해 주세요.
유명한 정치인일수록
까다롭게 해주세요.
편 가르기와
증오심을 퍼뜨리는 데 달인이기 때문입니다.

비가 오네요

어머니, 비가 오네요.

지난겨울엔 눈도 인색했어요.

대지는 메마르고 하늘은 미세먼지로 가득했지요.

사람도 짐승도

어린 초목조차도 숨쉬기가 너무 힘들었어요.

오, 그런데 어머니

오늘은 종일 비가 오네요.

새벽부터 비가 오네요.

어렸을 때 제가 봤던 어머니 눈물 같은 비가 오네요.

제가 아파할 때

제가 힘들어할 때

저보다 더 아파하시고

저보다 더 힘들어하시던 어머니 눈물 같은 비가 오네요.

아마도 이 비는 저 천국에서

흘리시는

하나님 눈물일지 몰라요.

그러니 어머니, 너무 걱정하지 마세요.

우린 이길 거예요.

가뭄과 미세먼지를 이겨낸

어린 초목들이 지금 춤을 추고 있는 것이 보이시나요.

이 비로 언 땅이 풀리면

겨우내 땅 밑에 웅크리고 있던

작은 풀씨들도 대지 위로 고개를 내밀어

녹색의 아름다운 카펫을 깔기 시작할 거예요.

숨죽이고 숨어있던 새들도 즐겁게 노래할 거예요.

그러나 어머니, 전 오늘은 조금 울겠어요.

생전 저 때문에 우시던 어머니를 생각하며

서럽고 힘든 이웃들을 위해

조금 울겠어요.

전자 발찌와 사형수

흉악범에게는 전자 발찌가 채워진다.

잘난 체 마라.

우리에겐 평생 못 벗는 육신이 입혀졌다.